NORD-SUD
POCHE

Ce livre appartient à

Ce livre est dédié aux trois Ours:
Bert, Bernadette et Bernard

Boucle d'Or
et les trois Ours

Un conte populaire anglais, illustré par
Bernadette
Editions Nord-Sud

Il était une fois trois Ours qui habitaient dans une maison près de la forêt: il y avait le Gros-Ours, le Moyen-Ours et le Petit-Ours.

De l'autre côté de la forêt, une petite fille vivait avec ses parents. Elle avait de longs cheveux, blonds et bouclés: on l'appelait Boucle d'Or.

Un matin, les trois Ours partirent se promener, le temps que leur petit déjeuner refroidisse. C'est juste à ce moment-là que Boucle d'Or arriva à leur maisonnette. La porte était ouverte.

Piquée par la curiosité, la petite fille jeta
un coup d'œil à l'intérieur et vit qu'il
n'y avait personne. Elle entra et regarda
autour d'elle.

Il y avait une table, et sur la table, trois
bols de chocolat qui fumaient.
Il y avait un grand bol,
un moyen bol
et un petit bol.

Autour de la table
se trouvaient
trois tabourets:
un grand tabouret,
un moyen tabouret
et un petit tabouret.

Comme elle avait faim, Boucle d'Or se servit une grande
cuillère de chocolat dans le grand bol. Mais il était si chaud
qu'elle se brûla la langue.
Alors elle prit une moyenne cuillerée dans le moyen bol. Mais
le chocolat était trop froid et elle ne le trouva pas bon.

Enfin elle se servit une
petite cuillère dans le
petit bol. Cette fois le
chocolat était à point:
ni trop chaud, ni trop
froid. Boucle d'Or eut
vite fait de tout avaler.

Boucle d'Or était
fatiguée. Elle s'assit dans
le grand fauteuil. Mais
elle se releva aussitôt, car
le coussin qui se trouvait
dessus était trop dur.

Elle essaya donc le moyen fauteuil.
Mais cette fois-ci, le coussin était trop
mou.
Alors Boucle d'Or essaya la petite
chaise. Le petit coussin de la petite
chaise était parfait: ni trop dur, ni
trop mou. Elle s'y installa donc. Mais
tout à coup, la petite chaise s'effondra,
et Boucle d'Or se retrouva par terre.

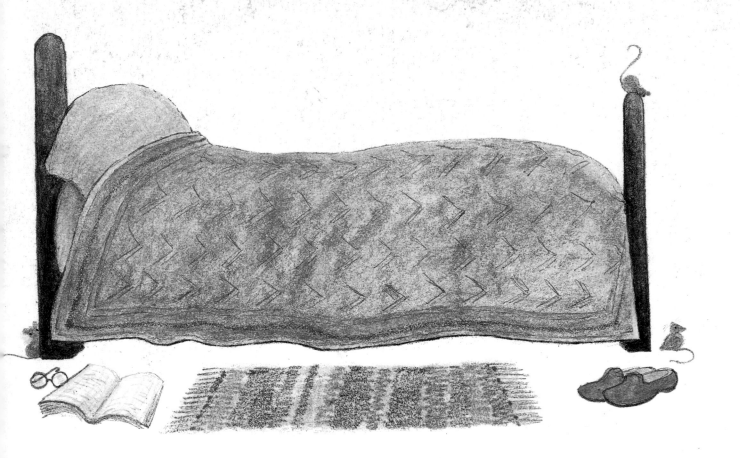

Puis, dans un coin de la pièce, elle découvrit un escalier.
Elle grimpa les marches et arriva à la chambre à coucher.
Là, il y avait trois lits: un grand lit, un moyen lit
et un petit lit.
Boucle d'Or voulut se reposer sur le grand lit. Mais elle se
releva aussitôt, car la tête du lit était trop haute.

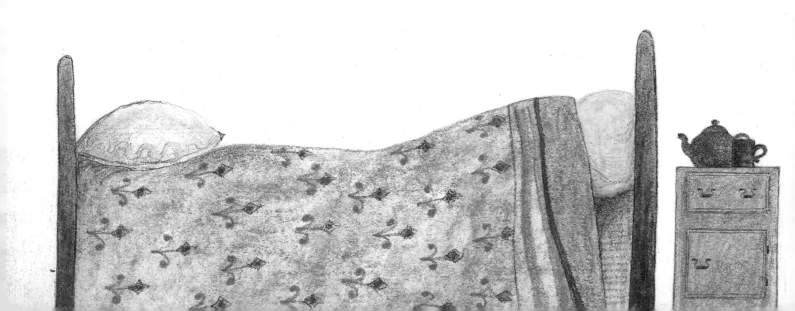

Elle essaya donc le moyen lit. Là c'étaient les pieds qui
étaient trop bas.
Aussi s'étendit-elle sur le petit lit. Il était tout à fait bien,
ni trop haut à la tête, ni trop bas aux pieds. Boucle d'Or
s'endormit en un clin d'œil.

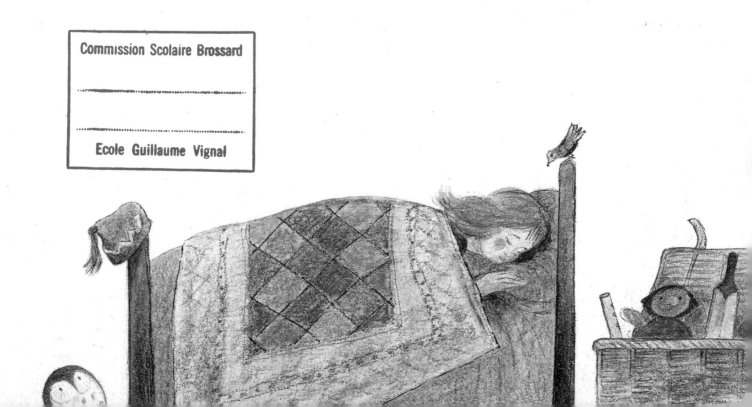

Cependant les trois Ours revenaient de leur
promenade. Ils avaient grand-faim, et il leur
tardait de prendre leur petit déjeuner.

Comme ils entraient dans la maisonnette, Gros-Ours
s'aperçut que sa grande cuillère était dans son grand bol.
Il gronda: «Quelqu'un s'est servi dans mon bol de chocolat!»
Moyen-Ours remarqua à son tour que sa moyenne cuillère
était dans son moyen bol. Il grogna: «Quelqu'un s'est servi
dans mon bol de chocolat!»
Alors Petit-Ours vit que sa petite cuillère était dans son petit
bol, et que le bol était vide. «Quelqu'un s'est servi dans mon
bol de chocolat et il a tout bu!» se lamenta-t-il.

Entre-temps, Gros-Ours avait remarqué que le gros coussin qui se trouvait sur son grand fauteuil était tout froissé. «Quelqu'un s'est assis dans mon fauteuil!» gronda-t-il.

Puis Moyen-Ours s'aperçut que le moyen coussin de son moyen fauteuil était tout froissé. «Quelqu'un s'est assis dans mon fauteuil!» grommela-t-il.

Enfin Petit-Ours s'aperçut que le petit coussin de son petit fauteuil était par terre, et que le fauteuil était cassé. Il sanglota: «Quelqu'un s'est assis sur ma chaise et il l'a tout démolie!»
Les Ours regardèrent partout, mais ne virent personne.
Alors ils grimpèrent l'escalier et arrivèrent à la chambre à coucher.

Là, Gros-Ours vit que la grande couverture qui était sur son grand lit était dérangée. «Quelqu'un s'est couché sur mon lit!» gronda-t-il.

Puis Moyen-Ours remarqua que la moyenne couverture, qui était sur son moyen lit, était dérangée. «Quelqu'un s'est couché sur mon lit!» grommela-t-il.

Enfin, Petit-Ours s'aperçut que la petite couverture, sur son petit lit, faisait une bosse bizarre. Il cria: «Quelqu'un est couché dans mon lit!»

Boucle d'Or se réveilla et fut très effrayée en voyant les trois Ours. Elle les regarda avec stupéfaction, et les Ours la regardèrent avec stupéfaction. Puis, d'un bond, elle se précipita hors du lit, dévala l'escalier et se rua hors de la maison.

Boucle d'Or courut aussi vite qu'elle put à travers la forêt jusqu'à la maison de ses parents.
Les trois Ours la suivirent en grondant. Mais quand ils virent qu'ils n'arrivaient pas à la rattraper, ils s'en retournèrent chez eux.

Quant à Boucle d'Or, elle ne revint plus jamais à la maison des trois Ours.

Texte français: Michelle Nikly

© 1984 Rada Marija AG, Faellanden, pour l'édition française reliée, parue aux Editions Nord-Sud
Loi n° 49-956 du 16 juillet 1949 sur les publications destinées
à la jeunesse. Dépôt légal 3e trimestre 1984
© 1988 Rada Matija AG, Faellanden, pour l'édition française brochée, parue aux Editions Nord-Sud
Loi n° 49-956 du 16 juillet 1949 sur les publications destinées
à la jeunesse. Dépôt légal 3e trimestre 1988
© 1984 Nord-Süd Verlag, Mönchaltorf, Suisse. Tous droits réservés. Imprimé en Italie
ISBN 3 85539 562 4 édition reliée
ISBN 3 85539 649 3 édition brochée